U0133171

中国华牌竞赛规则

（试行）

2008年12月

国家体育总局社会体育指导中心　审定

《中国华牌竞赛规则》编写组　编

人民体育出版社

中国华牌竞赛规则

（试行）

2008年12月

国家体育总局社会体育指导中心　审定

《中国华牌竞赛规则》编写组　编

人民体育出版社

图书在版编目（CIP）数据

中国华牌竞赛规则：试行 /《中国华牌竞赛规则》编写
组编. —北京：人民体育出版社，2009
ISBN 978-7-5009-3600-8

Ⅰ.中… Ⅱ.中… Ⅲ.扑克–竞赛规则–中国
Ⅳ.G892.4

中国版本图书馆 CIP 数据核字（2009）第 016059 号

*

人民体育出版社出版发行
三河兴达印务有限公司印刷
新 华 书 店 经 销
*
850×1168 32 开本 2.75 印张 49 千字
2009 年 4 月第 1 版 2009 年 4 月第 1 次印刷
印数：1—5,000 册
*
ISBN 978-7-5009-3600-8
定价：12.00 元

社址：北京市崇文区体育馆路 8 号 （天坛公园东门）
电话：67151482（发行部）　　　邮编：100061
传真：67151483　　　　　　　　邮购：67143708
（购买本社图书，如遇有缺损页可与发行部联系）

前 言

华牌俗称拱猪，据说是起源于我国东北农村的一种扑克牌游戏，已有几十年历史。相传在初期的娱乐中，输家要用嘴把"猪"（黑桃Q）从一副整好的牌中"拱"出来，故名。拱猪游戏自诞生之日起，便以其浓烈的趣味性吸引了越来越多的爱好者，很快风靡全国。直至1992年8月群众自发性地在北京举办全国首届民间扑克牌大赛时，仍以"拱猪"名之。

随着拱猪游戏的日渐盛行，其打法也发生了一些变化，其中最大的变化莫过于由原先的个人单打独斗改变为由两人组成一对与另一对相对抗，由此使其更带有竞技性。进而随着拱猪竞赛活动的逐渐开展，有人觉得其名称似难登大雅之堂，于是经倡议，1993年8月全国拱猪民间组织于山西太原给拱猪起名为华牌，由此使其有了正式的学名。

华牌入门简单，不受场地、环境限制，充满妙趣，益智健身，深受广大群众喜爱。近十几年来，尚兰柱、范跃生、高伟来、金世远、王祖林、刘幸利、张书庆、吴江、鲁锋、王文华、康德卿、王二伟等一批探索者乐此不疲，葛瑞、董标、张莉苹还主编了题为《中国华牌》的书面材料，他们成立全国华牌民间组织，尝试拟订华牌规则，先后在北京、山西、湖北、河北、天津等省市举办了十几届全国性华牌大赛，使华牌竞赛活动渐趋规范。

国家体育总局社会体育指导中心对开展群众性社会体育智力竞技活动向来十分重视。1996 年 8 月国家体育总局社体中心有关领导参加了群众性华牌竞赛活动，并从公平、公正、公开和科学规范的角度对华牌的竞赛提出了若干建议。此后，国家体育总局社体中心根据爱好者的建议，开始对华牌项目进行探讨和调研。2007 年 3 月，经国家体育总局社体中心批准，全国华牌项目论证暨规则研讨会在山西省长治市召开，成立了由邢小泉任组长的规则编写组。现在的这本《中国华牌竞赛规则》，是在葛瑞、董标等撰写的底稿基础上经反复修改，并由范孙操成文的。

《中国华牌竞赛规则》试行本有以下三个特点：

其一是充分展示拱猪玩法的原貌。在规则研讨会上，针对拱猪与华牌这两个名称的关系问题，有人提出"华牌源于拱猪、高于拱猪，拱猪是娱乐，华牌是竞赛"，但这一提议被否决。道理很简单，如果抛开了拱猪原汁原味的打法，华牌何以立足；况且如果不提华牌就是拱猪，很多拱猪爱好者甚至不知华牌为何物。因此，《规则》在比赛通则这一章，立足于从洗牌抓牌始至记分止的这一拱猪打法的全过程，而且在其后的竞赛的组织与方法这一章中，为这种习惯性打法设立了计局制和计时制的竞赛机制。其目的是吸引更多的爱好者参与到华牌活动中来，同时也便于那些本来不会玩拱猪的人学习掌握。

其二是适当借鉴成熟竞技扑克项目的原理与经验。譬如在4人队式赛、双人赛的赛分换算上，在单张迟疑、声称不成立的判罚上，就借鉴了桥牌规则的科学原理；而在规则条文的安排和写法上，在华牌竞赛的赛制和赛法上，又借鉴了扑克升级的成功经验。但这种借鉴并不是单纯的照抄照搬，而是在充分体现华牌特点的前提下他为我用。只要读一读术语定义、互看牌型卡、不按规定登记或非法查看牌型卡、拖延比赛时间等有关条文，便不难看出华牌规则如何在借鉴中创新。

其三是力推计副制这种科学赛制。计副制复式打法摒除了牌运的成分，提高了牌技的含量，代表着华牌竞赛的发展方向。因此《规则》单列计副制比赛一章，对这种赛制的主要竞赛形式和采用这种赛制时应注意的主要问题进行了较为详细的阐述。幸有尚兰柱等一批先行者，积十多年之心血，为开展复式华牌作出了不懈努力，使得在华牌竞赛中实施这种赛制比其他扑克牌项目相对容易。尽管如此，推广这种科学赛制仍是今后一项长期的任务。只有广大爱好者真正领会了其合理性，并在参加这种赛制的比赛过程中切实领略到其妙味的时候，才会自觉接受它。

本规则难免有疏漏之处，需要不断改进和完善。为利于修订，衷心希望读者多提宝贵意见。

《中国华牌竞赛规则》编写组

2008 年 12 月

目　录

第一章 总 则

第一条 宗 旨

为了推动我国智力竞赛活动的开展，规范传统的华牌项目，使其走上科学和健康的轨道，丰富人民群众文化生活，促进全民健身活动发展，更好地为社会主义精神文明建设服务，特制定本规则。

第二条 行为准则

一、运动员

运动员应身体健康，年满 16 周岁，具有良好的文化素质、意志品质和道德作风。自觉遵守《运动员守则》，遵守竞赛规程和赛场纪律，服从裁判。

二、裁判员

裁判员及竞赛工作人员必须遵守《裁判员守则》，根据竞赛规则、规程及裁判法的规定，严肃、认真、公正、准确地执行竞赛裁判任务。

三、礼　仪

（一）运动员、裁判员、工作人员要着装整洁，言谈举止文明。

（二）比赛开始前，运动员、裁判员应按时有序地入场。

（三）裁判长宣布比赛开始时，运动员按裁判长的示意起立，互相握手致意。比赛结束时，运动员、裁判员相互握手致谢。

（四）比赛进行期间，不得在场内吸烟，保持肃静。

第二章　比赛场地与器材

第三条　场　地

场地面积必须能够容纳竞赛规程规定的参赛运动员同时出场。场地环境安静、清洁，高度为由桌面至屋顶垂直 2 米以上，通风良好，室内明亮，运动员背后不得有镜子或其他反光物体，并安排一旦发生意外事故时的安全疏散通道。

第四条　器　材

一、牌

采用去掉大、小王的一副扑克牌，每副牌 52 张。

一般性比赛，使用由竞赛组织机构确定的一种扑克牌。全国性和省、自治区、直辖市的正规比赛，使用由国家体育总局社会体育指导中心审定或确认的扑克牌。

二、牌　套

在复式比赛中，须使用牌套。每个牌套装一副比赛用牌。牌套外部编有牌号，在计副制比赛中还须标示本副牌首引人的方位。牌套内部设有四个分别标明北、西、南、东的插袋，以使一桌四名运动员打完一副牌后，将每人的牌按各自的位置插入相应的插袋，并将这副牌传至另桌复打。

三、牌　桌

比赛用桌应高度适宜，平稳牢固，桌下设有隔板，避免运动员之间下肢接触。桌面为正方形，边长 80~90 厘米，基本色为墨绿色或其他不易刺眼的颜色。

大型比赛或有必要时可拉遮挡幕，沿桌面一对角线两角端安装比赛专用遮挡幕架，遮挡幕就固定在遮挡幕架上。

四、座　椅

座椅应与牌桌配套，高度适宜。应根据比赛的规模和需要，安排出裁判员的座椅。

五、记分表

用于记录比赛成绩。不同赛制的记分表格式见附件一至附件四。

六、方向标志

按自然方向或以主席台的方向为北，在赛场的北方设标志明显的"北"字牌，以此为根据确定牌桌摆放和运动员就座的方位。

第三章　定　义

第五条　华牌定义

华牌俗称拱猪，是以扑克牌为竞赛器材，由两人组成一对与另两人组成另一对相对抗的社会体育智力竞技项目。采用一副扑克牌进行比赛。双方力争多得正分、少得负分，以双方得分的多少决定胜负。

第六条　术语定义

一、花　色

扑克牌中包括四种花色，一副牌每种13张。

四种花色分别为：黑桃（♠）、红心（♥）、梅花（♣）、方块（◆）。

二、猪和猪牌

黑桃 Q 称猪，猪为负 100 分。

所有黑桃花色的牌张统称猪牌。称黑桃 A 为大猪头，称黑桃 K 为小猪头。

三、红分和红牌

所有的红心牌张均为分牌，称红分。红心 A 为负 50 分，红心 K 为负 40 分，红心 Q 为负 30 分，红心 J 为负 20 分，红心 10、9、8、7、6、5 各为负 10 分，红心 4、3、2 为 0 分牌。

所有红心花色的牌张统称红牌。

四、变压器和变牌

梅花 10 称变压器，亦称番、加倍。得到梅花 10 的一家，若又得到了分牌，则其分牌统统要加倍计算；若未得到分牌，则单张梅花 10 以正 50 分计（但得到红心 4、3、2 的以 0 分计）。

所有梅花花色的牌张统称变牌。称梅花 A 为大变头，称梅花 K 为二变头，称梅花 Q 为三变头，称梅花 J 为小变头。

五、羊和羊牌

方块 J 称羊，羊为正 100 分。

所有方块花色的牌张统称羊牌。称方块 A 为大羊头，称方块 K 为二羊头，称方块 Q 为三羊头或小羊头。

六、拱猪、分红、攻变、牵羊（放羊）

在黑桃 Q 尚未露面的前提下，主动出小于黑桃 Q 的猪牌谓拱猪。

在许多红分尚未露面的前提下，主动出红牌（通常指较小的红牌）谓分红。

在梅花 10 尚未露面的前提下，主动出小于梅花 10 的变牌谓攻变。

在方块 J 尚未露面的前提下，主动出大于方块 J 的羊牌谓牵羊，主动出小于方块 J 的羊牌谓放羊。

七、全　红

指一家在一副牌中收齐了全部 13 张红牌。收全红的一家得正 200 分。

八、满　贯

指一家在一副牌中收齐了猪、羊、变压器和全部 13 张红牌。获满贯的一家得正 800 分。

九、上家、下家、对家

上家即位于本家左方的对手。
下家即位于本家右方的对手。
对家即坐在本家对面的同伴。

十、一方、对方

一方即组成一对搭档的两名牌手。

对方即与一方相对抗的另一对牌手。

十一、一手牌、一副牌、全副牌

一手牌指一副牌中一家所抓得的全部 13 张牌。

一副牌指四家从抓第一张牌开始到各自打完一手牌并记分结束的全过程。

全副牌指一副牌中四家所抓得的全部 52 张牌。

十二、第 1 副牌、第一副牌

第 1 副牌指比赛中编号为"1"的那副牌。

第一副牌指比赛中最先打的那副牌。

十三、坐　向

指四位牌手在比赛中所坐位置的方向。如一对牌手坐南北向，则另一对牌手肯定坐东西向。

十四、圈

四家按序各出一张牌为出一圈。

十五、局

比赛中双方累计每副牌的得分至一方满负 1000 分或正 1000 分时为一局。也可以满负 800 分或正 800 分为一局。

十六、盘

在计副制队式赛中，双方按规定打一定的副数为一盘。通常 16 副牌为一盘。

十七、轮

比赛中两队（对）交锋一次为赛一轮。赛一轮可能是赛一局，可能是赛一定的时间，也可能是赛一定的副数。

十八、节

一轮比赛赛的副数较多或赛的时间较长时，该轮比赛可分若干节进行。节与节之间适当休息，亦可交换坐向或更换赛员。

第四章　比赛通则

第七条　洗牌与抓牌

一、洗牌和切牌

比赛开始前，须将牌均匀地洗好后放置牌桌上。第一副牌由任意一家洗牌，并由对方任意一家切牌。以后每副牌由上副牌得"猪"的一家的同伴洗牌，并由洗牌者的下家切牌。

二、抓　牌

第一副牌由任意一家翻牌点，自他开始按逆时针方向来决定由谁先抓第一张牌。以后每副牌由上副牌得"猪"的一家先抓第一张牌。抓牌时务必牌面向下，按逆时针方向依次抓，每次抓一张。

三、重洗和重抓

四家抓牌完毕，只要有一家抓得的张数不是 13 张时，须召请裁判员清点每家手中牌张数，若其他家张数无误，则换牌重洗重抓。

四、洗牌和抓牌的其他方式

根据比赛的方法或要求，裁判员有权事先安排或临时指定洗牌者，也可以发牌的方式代替抓牌。

第八条 明　牌

从抓牌结束至出第一张牌之间，应有一约 20 秒钟的短暂停顿，等待这副牌有无自愿明牌者。

一、明　猪

持有黑桃 Q 的一家将这张牌明放在桌上，谓明猪。明猪为负 200 分。在本副牌未出过黑桃时，不准出明猪（持单张时除外）。待出过首圈黑桃后，明猪者方可任意跟出或垫出明猪。

二、明　羊

持有方块 J 的一家将这张牌明放在桌上，谓明羊。明羊为正 200 分。在本副牌未出过方块时，不准出明羊（持单张时除外）。待出过首圈方块后，明羊者方可任意跟出或垫出明羊。

三、明　红

持有红心 A 的一家将这张牌明放在桌上，谓明红。明红后，每张红分牌的分值都要加倍，收全红为正 400 分。在本副牌未出过红心时，不准出明红心 A（持单张时除外）。待出过首圈红心后，明红者方可任意跟出或垫出明红心 A。

四、明　变

持有梅花 10 的一家将这张牌明放在桌上，谓明变，又称明番、明加倍。明变后，得到明变的一家，若又得到了分牌，则其分牌统统要乘4计算；若未得到分牌，则单张明变以正100分计（但得到红心4、3、2的以0分计）。在本副牌未出过梅花时，不准出明变（持单张时除外）。待出过首圈梅花后，明变者方可任意跟出或垫出明变。

第九条　首引与领出

一副牌中先出第一张牌，谓首引。第一副牌，由抓有黑桃2、3或7的一家先出。以后每副牌，由上副牌得"猪"的一家先出。

第一圈牌之后的每圈牌，均由上圈牌牌最大的一家先出，谓领出。

首引与领出时，除明牌限制外，可选择出任意一张牌。

第十条　关于出牌的规定

牌手出牌时由自己手中抽出牌张，牌面向上竖放在本人面前桌上规定的区域内。打出的合法牌张一旦明示给他人便不得收回。打出的牌张清晰地明放在桌面后，在一圈牌出完之前，不能随意移动。一圈牌出完之后，四家各自将自己该圈出的一张牌改为牌面向下顺序地置放于本人面前桌上规定的弃牌区内。在整个出牌过程中，任何牌手都不得翻查其他三位牌手弃牌区的牌张，也不得将自己弃牌区的牌张再明示给他人。

一家领出后，其他三家按逆时针顺序依次出牌，不得越序抢出，也不得拖延出牌时间。

第十一条　跟牌与垫牌

领出者领出一门花色的牌，其他三家有这门花色的牌时必须跟出，谓跟牌。若跟牌者的领出花色是单张，跟单张牌时不得迟疑。

需跟牌者只有在没有领出花色的牌时才允许任意垫出其他花色的牌，谓垫牌。

第十二条　牌的大小

在同一花色中，牌的大小按 A、K、Q、J、10、

9、8、7、6、5、4、3、2排列。

垫牌的牌小于领出牌。

第十三条　得　分

一圈牌中，牌最大的一家除获得下一圈牌的领出权外，还获得本圈出现的所有分牌（包括红心4、3、2），即获得相应的分。须将各圈牌中出现的分牌（包括红心4、3、2）统统拣出，牌面向上分别置于桌面各得分家的得分区内。比赛中任一牌手认为需要时，都可对各得分区的分牌随时查验。

所得猪、羊、变压器和红心牌分，是华牌比赛中最基本的分值。为了不使这种分与比赛中可能出现的其他分相混淆，特把这种分称为基本分。

第十四条　声称与承认、默认

在一副牌未打完之前，某位牌手出于缩短打牌过程等考虑，就把自己手中的未出牌张明亮出来，并声明自本圈牌之后有分值牌张的归属，谓声称。声称时应附带说明之后的打牌路线，对复杂牌局还应充分预见到之后可能出现的各种情况。

对声称的赞同即为承认。对声称和承认未提出异议即为默认。承认或默认后，本副牌的打牌即告停止，按声称的结果记分。

对声称有异议的，或在本副牌记分前的合法时限内要求撤销承认或默认的，须召请裁判。

第十五条 计算得分

一副牌打完后，要先计算出四家各自的得分，然后再把北家和南家的分加在一起、把西家和东家的分加在一起计算出双方的得分。

如：本副牌北家得负 80 的红分，南家得单张变压器为正 50 分，则南北方的得分是负 30 分；当然，东西方的得分是负 120 分。

又如：本副牌北家得明猪、明变为负 800 分，南家得明羊并收全红为正 400 分，则南北方的得分是负 400 分；当然，东西方的得分是 0 分。

第十六条　记　分

　　每打完一副牌记一次分，把每副牌比赛双方的得分记录下来。记分是一副牌赛完的标志，也是双方比赛过程的原始记录和最终判定胜负的文字依据。

　　由坐南的牌手负责记分，并交坐东的牌手查验。根据需要，裁判员也可指定专人负责记分。记分时要严肃、认真。分数一旦记录在记分表上，未经裁判员允许，不得更改。

第五章 竞赛的组织与方法

第十七条 设立竞赛机构

为了保证比赛的顺利进行，应根据比赛的需要建立相应的竞赛组织机构，从事比赛的筹备工作，制定有关的章程和补充规定，处理比赛期间和比赛结束后不属于裁判员职责范围的一切问题。

竞赛组织机构根据比赛的规模和条件，指定或要求适量的裁判人员管理比赛，并任命其中一人为裁判长，必要时可增设副裁判长一至数人。

重大比赛应设立仲裁委员会。

第十八条　制定竞赛规程和补充规定

一、竞赛规程

竞赛规程由主办单位制定。内容应包括竞赛日期、竞赛地点、竞赛项目以及赛制、赛法；应包括报名资格、报名方法、报名日期、报名和参赛费用以及报到日期和方法；应包括所设奖项、奖励方法以及级别的授予方法或升降级方法。

二、补充规定

补充规定由裁判长根据竞赛规程精神拟定，赛前发往各报名参赛单位，并在各队报到后的领队、教练员与裁判长赛前联席会议上再仔细说明，让各队运动员都知道并严格执行。

补充规定的内容不可违背《中国华牌竞赛规则》。制定补充规定的目的，是根据比赛的目的、规模和特点，对规则中不可能一一阐明的细节，作出详细的说明和规定，以使运动员和裁判员在赛中碰到具体问题时有章可循。

第十九条　三种赛制

一、计局制

比赛一局为赛一轮，也可考虑比赛三局（三局两胜）为赛一轮，胜者记 2 分，负者记 0 分。

在赛时有限的情况下，可与计时制相结合，当时间已到但一局尚未打完时，以累计正分多或负分少的一方为胜。

二、计时制

比赛一定的时间为赛一轮，到时以双方累计基本分的多少区分胜负，胜者记 2 分，负者记 0 分，打平各记 1 分。

三、计副制

比赛一定的副数为赛一轮，以累计队式赛分或比赛分多的队（对）为胜。

这是专为复式赛设计的一种赛制。每副牌的牌号和首引人都是固定的。每副牌打完后，都要将四家牌张按牌型卡复原，然后 4 名牌手把自己的牌分别插入牌套中的指定位置，将这副牌传至另桌复打。

第二十条　淘汰赛

参加比赛的队（对）数较多，时间较紧，可酌情采用单淘汰、双败淘汰或其他淘汰方式。

一、单淘汰赛

两队（对）中的负队（对）被淘汰，胜队（对）则进入下一轮并与新对手对抗，负者再被淘汰，如此进行到最后只剩一个胜队（对），该队

（对）即为冠军。

应安排 2^n 个队（对）参赛（n 为正整数），这样在比赛 n 轮后会产生冠军。应合理安排各轮对阵的对手，即应按各队（对）的实力或以前一阶段比赛的名次作为参考，采用蛇形排列方法排出单淘汰赛各队（对）的比赛位置。若参赛队（对）不足 2^n，则应让实力占优者第 1 轮比赛轮空。

16 队（对）单淘汰赛轮次表见附件五。

淘汰赛的种子位置表见附件六。

二、双败淘汰赛

一个队（对）负两场被淘汰的赛法。

第 1 轮比赛结束后，会得出一组胜队（对）和一组负队（对），通常称为胜区和负区。胜区继续进行第 2 轮比赛，其中又将有半数告负从而进入负区，直到胜区只剩下一个全胜队（对），即胜区第一名。

在负区中，按原种子相对位置进行单淘汰赛，但第 2 轮是第 1 轮后的负者之间在比赛，而第 3 轮则是第 2 轮负区的胜者与胜区的负者之间在比赛，直到负区也只剩下一个全胜队（对），即负区第一名。

最后，由胜区第一名与负区第一名进行决赛。若胜区第一名胜，即为冠军；若负区第一名胜，两队（对）再进行一场附加决赛，再胜者方为冠军。也可考虑不论谁胜谁负，一场决赛即分出冠亚军。到底采用何种决赛方式，应在赛前就明确公布。

16队（对）双败淘汰赛轮次表见附件七。

第二十一条　循环赛

在时间较为宽裕时，为给参赛者更多的比赛机会，可酌情采用大循环、分组循环、单循环、双循环或其他循环方式。

大循环赛指每个参赛者与其他参赛者都相遇。

分组循环赛指将参赛者分成若干组进行预赛，通过各组循环赛从各组选出一定名额参加复赛或决赛。分组时，应根据参赛者级别或比赛成绩安排各组种子。

单循环赛指参赛者之间循环赛一次。

双循环赛指参赛者之间循环赛两次。

不同参赛者的循环赛轮次表参见附件八。

第二十二条 积分编排赛

在参赛者较多、赛程较短的情况下，可以采用以瑞士轮转法实施的积分编排赛。

积分编排赛的最少比赛轮数，是 2^n 个参赛者时赛 n 轮。通常应在 n 轮的基础上至少增加两轮比赛。

积分编排赛第 1 轮对阵的理想方式是强者对弱者，可按蛇形排列方法排出第 1 轮对阵情况。如果对各参赛者的实力不清楚，可抽签决定第 1 轮对阵情况。每轮赛后，由裁判人员根据比赛积分进行下一轮的对阵编排工作。从第 2 轮起，比赛按高分对高分、低分对低分的原则安排对阵，但任何两参赛者不重复对垒。

全部比赛结束后，按各参赛者的累计积分排定名次，累计积分高者名次列前。如遇积分相等的情况，先比获胜轮数的多少，多者名次列前；

次比对手分的高低，对手分即所遇到过的所有对手的累计积分之总和，高者名次列前；再比赛中被记违例次数的多少，少者名次列前；最后根据原始记录比各局、各赛时、各盘中胜率的高低，高者名次列前。

第二十三条　运动队（对）退出比赛

运动队（对）不得无故退出比赛。确需退出者，须向竞赛机构申明正当理由，并征得同意。

在比赛开始前退出，如系循环赛且剩余为双数，应重新抽签决定赛号；如系积分编排赛，可考虑补足双数。

在比赛中途退出，处理办法如下：

在不采用胜利分记录成绩的循环赛中，凡已赛对手不足半数者，则所有已赛结果一概注销；如超过或达到半数，则其成绩有效，其余未赛轮次均作弃权，判其对手获胜。

在采用胜利分记录成绩的循环赛中，凡已赛对手不足半数者，则所有已赛结果一概注销；如超过或达到半数，则其成绩有效，其余未赛轮次均作弃权，判其对手得：①非弃权方已赛平均胜利分，②30减去弃权方平均胜利分，③18胜利分。

在积分编排赛中，不论比赛是否过半，已赛结果均有效，其余未赛轮次均作弃权，判其对手或获胜或得18胜利分。

在双人赛中，凡已赛对手不足半数者，则所有比赛结果一概注销，或所有已赛或未赛对手均得平均比赛分；如超过或达到半数，则其成绩有效，其余未赛轮次均作弃权，判其对手得平均比赛分的1.2倍。

第六章 计副制比赛

第二十四条 互看牌型卡

这是防止传递非法信息的有效方法。

计副制复式赛采用牌套，牌套中附有四家牌的牌型卡（见附件九）。四位牌手从牌套中取出自己的牌时，应牌面向下数清自己拿到的牌张数是否是13张，接着查验一下自己拿到的牌与自家牌型卡上所标是否相符。之后，同伴间交换牌型卡互看，互看的时间不超过30秒，互看完再将牌型卡插回牌套原位置。首引牌张打出后，任何牌手不得再翻阅牌型卡。

计副制比赛通常不允许明牌。如仍采用允许明牌的打法，则互看牌型卡的时间应在明牌后、首引前。

第二十五条　固定首引人

以赛 16 副牌为例，第 1、5、9、13 副由北家首引，第 2、6、10、14 副由西家首引，第 3、7、11、15 副由南家首引，第 4、8、12、16 副由东家首引。不管赛多少副牌，此循环首引方式不变。

第二十六条　4 人队式赛

在 4 人队式团体赛中，两队各派 4 名牌手出场，进行若干副牌的比赛。两队中一队为主队，一队为客队，主客队或由轮次表决定，或由抽签决定。两队在 A、B 两桌进行比赛，A 桌主队两名牌手坐南北，B 桌主队两名牌手坐东西，客队的坐向则正相反。每副牌都要在 A、B 桌各打一次。为避免一副牌的输赢对整场比赛的过大影响，赛后要根据两桌每一副牌的净胜分之差换算成队式赛分（见附件三），然后将一队各副牌所得队式赛分相加，即得出一队累计总队式赛分。累计总队式赛分多的一队为胜队，两队累计总队式赛分之差即为胜负的多少。

在队式积分编排赛中，为使比赛更为公平，按胜利分的形式记录积分。根据双方的累计总队式赛分之差换算胜利分。比赛的副数不同时，有不同的胜利分换算法。16副牌胜利分换算表见附件十。

也可把胜利分的记分形式运用到队式循环赛中。

第二十七条　双人赛

双人赛是以一对牌手为参赛单位的计副制比赛。每对牌手始终要以自己固定的赛号，按照规定的轮转法，与他对牌手分别进行一定副数的比赛。

每副牌都要在多桌复打。每对牌手在每副牌都会得到一个净胜分（很可能是负数），待一副牌在各应赛桌都赛完后，裁判员会依据同方向各对牌手在这副牌所得净胜分的多少将这个净胜分换算成比赛分。例如，共7桌复赛同一副牌，南北方向的7对牌手会得到7个净胜分，其中得分最多的1对将得到6比赛分（顶分），得分最少的1对将得到0比赛分（底分），其他 5 对牌手依所得分的排队将分别得到 5（次顶分）、4、3、2、1（次底分）比赛分；东西方向的 7 对牌手依此法换算，也同样会得到 7 个比赛分。赛后汇总各对牌手各副牌的比赛分，总比赛分多者名次列前。如遇总比赛分相同，则顶分多者或底分少者名次列前。

一、双冠军制双人赛

将参赛者分成南北和东西两个方向组，同方向组的牌手不相遇，赛后产生南北方向和东西方向两个冠军。

采用米切尔轮转法。单数桌米切尔制移位表（5 桌）和双数桌米切尔制移位表（6 桌）见附件十一。

二、单冠军制双人赛

不分方向组，将参赛者混编在一起，采用豪威尔轮转法，赛后只产生一个冠军。各桌数豪威尔制移位表见附件十二。

按米切尔制轮转时，赛后不同方向的各对牌手若按累计比赛分统一排列名次，也能只产生一个冠军。

三、交织赛

即既采用米切尔轮转法又采用豪威尔轮转法的双人赛。在参赛者较多时，可分成若干条线先以米切尔移位赛进行淘汰，最后按单冠军制录取名次。

第二十八条　双人赛中的
补偿分与调整分

在双人赛某副牌中，当一对牌手自己并未违规、并无过错，但因种种原因这对牌手却无法经正常程序得到这副牌的合理的比赛分时，应判给该对牌手一个人为的补偿分，通常判给该副牌的最高比赛分的 60%；如该对牌手在整场、整节比赛中所得比赛分之百分比已超过 60%，则该副牌应按其整场、整节得分的百分比判给一个人为的调整分。

第七章　罚　则

第二十九条　处罚方式

一、警　告

有违例犯规或干扰比赛的言行，但性质轻微的，由裁判员当场给予口头警告。

二、记违例

明显有违例犯规或干扰比赛言行的，由裁判员笔记违例一次，并当场郑重宣布。

在同轮比赛中，第二次给予警告的，由裁判员笔记违例一次，并当场郑重宣布。

三、罚　分

罚分的目的主要不是为了惩罚，而是为了对非违规方所造成的损失给予补救。

罚分包括罚基本分、罚队式赛分、罚胜利分和罚比赛分。

四、判　负

有意犯规、性质恶劣的，严重干犹比赛正常进行的，或在同轮比赛中三次被记违例的，由裁判长宣布此轮比赛判负（得 0 分），判其对手：在不采用胜利分记录成绩的比赛中，或为胜，或得平均比赛分的 1.2 倍；在采用胜利分记录成绩的比赛中，或得已赛平均分，或得 30 减去判负方平均分，或得 18 分，或按原始记录上已有成绩结算得分。

五、停　赛

有意犯规、性质极为恶劣的，因谩骂、动粗致使比赛中断的，或第二次被判负的，由裁判长宣布取消参赛资格，并通报停赛处罚。本轮其对手的得分，按其判负论。以后各轮，按其中途退出比赛处理。

第三十条　迟　到

以裁判长宣布比赛开始计，一方迟到超过 5 分钟，给予该方警告；双方迟到都超过 5 分钟，给予双方警告；一方迟到超过 15 分钟，算该方弃权，记 0 分，其对手得分按其判负论；双方迟到都超过 15 分钟，算双方弃权，双方都记 0 分。

双人赛中因迟到而少打的牌记 0 分，其对手得平均比赛分的 1.2 倍。

第三十一条　越序抓牌与越序出牌

一、越序抓牌

（一）抢先抓上家或他家理应抓的牌但并未看到的，一经发现马上退回。

（二）越序抓牌已经看到牌张但尚未插入手牌中的，除马上退回外，由裁判员根据该牌张的重要程度决定是否给予处罚，严重的罚因该牌张而得到的基本分的半数甚至全数。

（三）越序抓牌并已插入手牌中的，其退回方式为由理应轮到的抓牌者从违规者手中任意抽出多余的牌张，并由裁判员根据实际情况决定是否给予处罚，严重的罚因所抽牌张而得到的基本分的半数甚至全数。以下按正常顺序继续抓牌。

二、越序出牌

凡不按规定的出牌顺序，过早地将牌亮在桌上，称越序引牌（包括越序首引、越序领出）、越序跟牌或越序垫牌。越序引牌按暴露张处理。但越序引牌后，若下家跟出牌张，则越序转为合法，双方按此所引和所跟牌继续打牌，对双方均不判罚。对越序跟牌或越序垫牌，由裁判员根据实战情况决定是否给予处罚，严重的罚因越序牌张而得到的当圈基本分的半数甚至全数。

第三十二条　多牌或少牌

一、在计局制、计时制比赛中

（一）在尚未首引前发现：发现多牌或少牌后，首先由裁判员判定错误家和非错误家（若无法判定则两家均为错误家），给予错误方警告处罚。一家多牌、一家少牌时，通常需要决定这副牌是任意抽出多余牌张继续比赛还是重洗重抓。当多牌家和少牌家各为一方时，决定者是非错误家或少牌家；当多牌家和少牌家同为首引方时，决定者是首引人的下家；当多牌家和少牌家同为非首引方时，决定者是首引人。

（二）在首引之后的牌局进行中发现：打牌继续，原得分有效。若多牌家和少牌家各为一方，给予双方警告处罚；若多牌家和少牌家同为一方，给予该方记违例处罚；若单家多牌或少牌，给予该方警告处罚。由裁判员根据这副牌的进程决定是否让少牌者从多牌者手中抽牌。由裁判员根据这副牌的实战结果决定是否或怎样对错误方或多牌方作出罚基本分的处罚。

二、在计副制比赛中

（一）在未看本手牌之前发现：由裁判员按照牌型卡调整，对多牌或少牌者不予处罚，但对插错牌的责任方要给予扣除胜利分或队式赛分或比赛分的处罚（采用胜利分记录成绩的队式赛扣除 0.5 胜利分，不采用胜利分记录成绩的队式赛扣除 1 队式赛分，双人赛扣除 0.5 或 1 比赛分）。

（二）在看过本手牌之后但在首引前发现：由裁判员按照牌型卡调整，除对插错牌的责任方给予扣除胜利分或队式赛分或比赛分的处罚外，还要追加扣除多牌或少牌人一方胜利分或队式赛分或比赛分（采用胜利分记录成绩的队式赛各扣除 0.25 胜利分，不采用胜利分记录成绩的队式赛各扣除 0.5 队式赛分，双人赛各扣除 0.25 或 0.5 比赛分）。

（三）在首引之后的牌局进行中发现：除对插错牌的责任方给予扣除胜利分或队式赛分或比赛分的处罚外，区分以下 4 种情形办理。

1. 队式赛中责任是双方的，该副牌取消，在采用胜利分记录成绩时各追加扣除 0.5 胜利分。

2. 队式赛中责任是单方的，该副牌取消，在采用胜利分记录成绩的比赛中，如果本轮比赛结果非责任方所在队所得胜利分未达到 20 分则由责任方补贴给非责任方 1 胜利分，如果本轮比赛结果非责任方所在队所得胜利分达到 20 分则扣除责任方 1 胜利分；在不采用胜利分记录成绩的比赛中，扣除责任方 2 队式赛分。

3. 双人赛中责任是双方的，该副牌不再打，双方均按平均比赛分的 80%得分。

4. 双人赛中责任是单方的，该副牌不再打，责任方按平均比赛分的 70%得分，非责任方按平均比赛分的 120%得分。

即便在首引之前发现多牌或少牌，若多看到的是对方的要害牌张，致使牌局无法正常进行时，可仿照以上 4 种情形办理。

或者四家牌与牌型卡上所标无异，但仍莫名其妙地出现单家多牌或少牌现象，致使牌局无法正常进行时，亦可仿照以上单方责任的情形办理。

第三十三条　不按规定登记
或非法查看牌型卡

一、不按规定登记牌型卡

在计副制比赛初始阶段，往往需要登记牌型卡。

（一）登记牌型卡有误但未影响该副牌比赛的：在采用胜利分记录成绩的队式赛中，扣除责任方0.5胜利分。在不采用胜利分记录成绩的队式赛中，若是责任队与非责任队在进行比赛则扣除责任方1队式赛分；若是两非责任队之间在进行比赛则不扣队式赛分，但要给予责任方警告处罚。在双人赛中，扣除责任方0.5或1比赛分。

（二）登记牌型卡有误又影响该副牌比赛的（指该副牌被取消或不再打）：在采用胜利分记录成绩的队式赛中，受损队为一个队时，如果本轮比赛结果受损队所得胜利分未达到20分则由责任方补贴给受损队1胜利分，如果本轮比赛结果受损队所得胜利分达到20分则扣除责任方1胜利分；受损队为两个队时，如果本轮比赛结果两受损队所得胜利分均未达到 20 分则由责任方补贴给两队各 0.5 胜利分，如果本轮比赛结果只一受损队所得胜利分未达到 20 分则既由责任方补贴给该队 0.5 胜利分又扣除责任方 0.5 胜利分。在不采用胜利分记录成绩的队式赛中，若是责任队与受损队在进行比赛则扣除责任方 2 队式赛分；若是两受损队之间在进行比赛则不扣队式赛分，但要给予责任方记违例处罚。在双人赛中，扣除责任方 1 或 2 比赛分，两受损对均按平均比赛分的 120%得分。

二、非法查看牌型卡

首引后非法查看牌型卡的（包括非法查看他人已出过并反扣的隔圈牌张的），罚 50 基本分。

在双人赛中，一副牌未打完之前非法查看随牌记分表的，罚 50 基本分。

第三十四条　单张迟疑

领出者领出一门花色的牌时，若某跟牌者的领出花色是单张，他又未在 3 秒钟之内跟出这张牌，谓单张迟疑。

根据非违规方的合理陈述，由违规方弥补因单张迟疑给非违规方造成的损失。

第三十五条　暴露张

在抓牌和打牌过程中，或过早地暴露牌张，或出错牌暴露牌张，或持握的方式使他人有意、无意地看见牌面，或有意、无意地掉在地上让人看到牌面，均属暴露张。

暴露张分为轻罚张和重罚张。

一、轻罚张

所露牌张轻微，不足以向其同伴提供非法信息，且对其对手不可能造成实质性损失的，可不予处罚或给予警告处罚，轻罚张收回。

二、重罚张

所露牌张比较重要，足以向其同伴提供非法

信息，且对其对手可能造成实质性损失的，为重罚张。

重罚张一旦成立，应牌面向上置于桌面本家弃牌区内。重罚张一家跟牌时，须在合法出牌的第一时间跟出重罚张。重罚张一家领出时，其下家可指定是否出重罚张花色、是否出该重罚张。一俟重罚张一家领出后，重罚张或自行消失或收回。

对出现重罚张的一方，裁判员可视情决定是否给予警告、记违例或罚基本分的处罚。

第三十六条　藏　张

必须出却未出的牌张称为藏张。

藏张于当圈一经发现，允许马上改正，其出错的牌张按暴露张处理。

藏张如果于下一圈出牌后才发现，为藏张成立。藏张一旦成立，必须予以判罚。裁判员依据其情节轻重罚基本分的原则是：就非违规方陈述的从藏牌成立到发现藏张为止的整个出牌过程，取违规方在所有可能情况下的最不利结果。

对情节特别严重的，可考虑给予判负处罚。

第三十七条　声称不成立

对声称有异议时，或在一副牌记分前的合法时限内（当声称方为记分方时则在四手牌插回牌套前或合拢前的合法时限内）要求撤销承认或默认时，裁判员应要求声称者复述声称时的说明，要求各家摊明声称时的手中剩余牌张，并充分听取异议。此时若存在声称者未提及的打牌路线，尤其当存在与声称结果不符的合理打法时，应裁定声称不成立。若声称者在复述时又提出了在声称时并未提到的新的成功路线，裁判员不予接受。

裁定声称不成立后，已摊明的剩余牌张要继续打，非声称方两家仍各出各的牌，声称方两家则由声称人的下家指定出牌。若指定出牌的路线与声称路线一致，则指定时不得无理违反声称时的说明。直至这副牌打完，双方按此最终结果记分，不论这个最终结果对非声称方是否有利。

第三十八条　传递非法信息

合法信息是在出牌过程中传递的正常技巧的信息，或者是同伴间的某些公开约定。

凡不是通过合法信息传递的牌情信息均属非法信息，如通过异常的表情、动作、手势、眼神、出牌速度、牌张摆向和通过反复暴露牌张等。

对传递非法信息，包括有传递非法信息嫌疑和属于传递非法信息性质的，根据其情节轻重，裁判员可给予警告、记违例、罚分处罚。对屡教不改、情节特别严重的，可考虑给予判负甚至停赛处罚。

第三十九条　拖延比赛时间

一副牌的正常比赛时间是 7.5 分钟，因此，要求牌手出牌快，不得拖延。在一副牌中，首引的时间不超过 20 秒，领出的时间不超过 15 秒，跟牌或垫牌的时间不超过 10 秒。超过了上述时间，便被认为拖延，严重的给予警告处分，有意拖延的给予记违例处分。

在计时制比赛中，每轮结束前 20~30 分钟，应由裁判长向全场统一宣布，自宣布之时起，打完手中正在打的这副牌之后各桌必须打满三副牌，以避免领先一方终场前故意拖延。

在计副制队式赛中，每轮结束前 30 分钟或在结束前一定的时间，由裁判长向全场统一宣布此时已应打完的副数，提醒已打副数相差较多的桌加快比赛节奏。到了比赛应结束的时间，各桌未打的尚在牌套中的牌取消，各队按已打牌数结算成绩。取消牌数达到两副的，要给予处罚。取消牌数是两副的，责任方是双方的，在采用胜利分记录成绩的比赛中各扣0.5胜利分；在不采用胜利分记录成绩的比赛中不扣分，但要给予双方警告处罚（取消牌数达到一轮比赛副数的三分之一时要给予双方记违例处罚）。取消牌数是两副的，责任方是单方的，在采用胜利分记录成绩的比赛中，如果本轮比赛结果非责任方所在队所得胜利分未达到 20 分则由责任方补贴给非责任方0.5 胜利分，如果本轮比赛结果非责任方所在队所得胜利分达到 20 分则扣除责任方 0.5 胜利分；

在不采用胜利分记录成绩的比赛中，扣除责任方 1 队式赛分。取消牌数是三副的扣 1 胜利分或 2 队式赛分，是四副的扣 1.5 胜利分或 3 队式赛分，是五副的扣 2 胜利分或 4 队式赛分，依此类推。

第四十条　判罚的程序与时限

一、指出违规

比赛中，一旦发生违规，同桌的 4 名运动员均有权立即指出。

二、召请裁判员

在指出违规的同时，应立即召请裁判员。在裁判员未说明有关纠正办法及裁定判罚前，运动员不得自行采取行动。

三、判罚的裁定

只有裁判员有裁定判罚的权利。违规一经指

出，运动员无权自行裁定或放弃判罚。对运动员之间自行接受或放弃的处罚，裁判员有权予以承认或撤销。

四、处罚权的丧失

（一）非违规方的领队、教练员、非本桌运动员或由非违规方负责的观众率先指出违规，对违规的处罚权可能丧失。

（二）在召请裁判员之前，非违规方运动员若自行采取行动，对违规的处罚权可能丧失。当非违规方因违规方对判罚不了解而采取获利行动时，裁判员可裁决处罚权丧失，且行动无效。

（三）当某运动员被裁定有权选择罚则，但其不独自选定而与同伴商量时，对违规的处罚权可能丧失。

（四）出现违规但无运动员指出，或本应本圈牌指出违规的下圈牌才指出，或本副牌出现的违规下副牌才指出，对违规的处罚权可能自动丧失。

第八章　申诉与解释权

第四十一条　申　诉

一、申诉的提出

（一）运动员及其领队对裁判员在其比赛中所作的任何裁决，有提出申诉的权利。

（二）对裁判员的裁决及其相关事宜的申诉，须在该轮比赛结束后 90 分钟内的有效时限提出。

（三）申诉以书面形式提出，经领队签字有效。

（四）申诉材料呈报仲裁委员会。未设仲裁委员会的，呈报组织委员会。

二、申诉的处理

（一）凡涉及比赛规则或比赛规定一类的申诉，

由裁判长负责听取并裁决。如对裁判长的裁决不服，可向仲裁委员会上诉。

（二）凡非直接涉及比赛规则或比赛规定的所有其他申诉，由组织委员会负责处理。

（三）仲裁委员会可行使仲裁权利对裁判长的裁决进行复核，但不得否决裁判长根据本《规则》或竞赛规程、补充规定以及为维持纪律所作的判罚。

（四）对申诉的处理不得违背国家体育总局颁布的《体育竞赛仲裁条例》。

第四十二条　解释权

本《规则》的解释权属国家体育总局社会体育指导中心。

附件

附件一

计局制华牌赛记分表

组别：　　　　轮次：　　桌号：　　南北赛号：　　东西赛号：

运动员姓名：　北　　　南　　　　比赛时间：　年　月　日
　　　　　　　西　　　东

牌序	南北累计得分	东西累计得分	牌序	南北累计得分	东西累计得分
1			11		
2			12		
3			13		
4			14		
5			15		
6			16		
7			17		
8			18		
9			19		
10			20		

南北累计得分：　　　东西累计得分：　　　比赛结果：

南北代表签名：　　　东西代表签名：　　　裁判员签名：

计时制华牌赛记分表

组别：　　　轮次：　桌号：　　南北赛号：　东西赛号：

运动员姓名：　北　　　南　　　比赛时间：　年　月　日
　　　　　　　西　　　东

牌序	南北累计得分	东西累计得分	牌序	南北累计得分	东西累计得分
1			11		
2			12		
3			13		
4			14		
5			15		
6			16		
7			最后三副牌		
8			1		
9			2		
10			3		

南北累计得分：　　　东西累计得分：　　　比赛结果：

南北代表签名：　　　东西代表签名：　　　裁判员签名：

附件三

计副制华牌赛 4 人队式赛记分表

轮次：　桌号：　　开闭室：　　　比赛时间：　年　月　日
主队：　赛号　坐向　　　　　　运动员姓名：　　北　　　南
客队：　赛号　坐向　　　　　　　　　　　　　西　　　东

牌号	得分		净胜分		主队		客队		队式赛分换算表	
	南北	东西	主队	客队	分差	队式赛分	分差	队式赛分	分差	队式赛分
1									10～20	1
2									30～40	2
3									50～60	3
4									70～90	4
5									100～120	5
6									130～150	6
7									160～190	7
8									200～230	8
9									240～270	9
10									280～310	10
11									320～350	11
12									360～390	12
13									400～440	13
14									450～490	14
15									500～540	15
16									550～590	16
队式赛分总计									600～640	17
比赛结果(胜利分)									650～690	18
									700～790	19
									800 以上	20

队式赛分总计

比赛结果(胜利分)

总队式赛分差

主队队长(代表)签名：　客队队长(代表)签名：　　裁判员签名：

55

计副制华牌赛双人赛记分表

双人赛随牌记分表

第　副

南北号	东西号	得分		净胜分		东西签核	比赛分	
		南北	东西	南北	东西		南北	东西
1								
2								
3								
4								
5								
6								
7								
8								

双人赛逐轮记分单

组别：　　　　　　桌号：　　　　　　轮次：

牌号	南北对号	东西对号	得分		净胜分		东西签核
			南北	东西	南北	东西	

附件五

16队（对）单淘汰赛轮次表

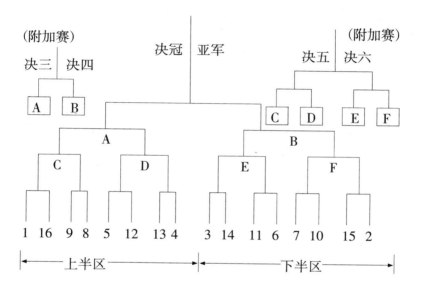

种子位置表

1	256	129	128	65	192	193	64
33	224	161	96	97	160	225	32
17	240	145	112	81	176	209	48
49	208	177	80	113	144	241	16
9	248	137	120	73	184	201	56
41	216	169	88	105	152	233	24
25	232	153	104	89	168	217	40
57	200	185	72	121	136	249	8

　　本种子位置表适用于不多于256队（对）的比赛。按比赛所设的种子数目，在表中逐行由左向右依次摘出小于或等于参赛者数的号码即为种子位置号码。例如有63个队进行单淘汰赛，应当有64个号码位置，假如比赛设8个种子，可从表中依次摘出小于或等于64的前8个号码为1、64、33、32、17、48、49、16，其中1为一号种子位置号码，64为二号种子位置号码，依次类推。

附件七

16队（对）双败淘汰赛轮次表

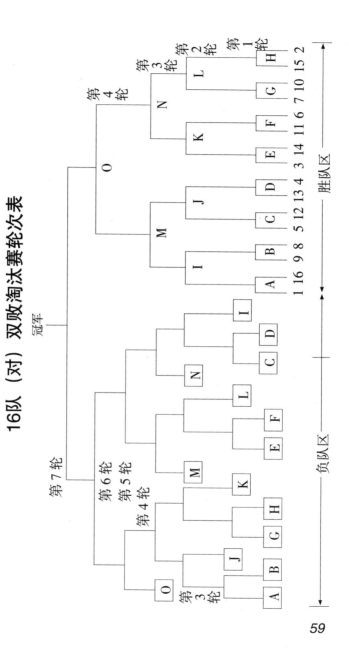

循环赛轮次表

4队（对）循环赛轮次表

第1轮	1-4	2-3
第2轮	3-1	4-2
第3轮	1-2	3-4

6队（对）循环赛轮次表

第1轮	3-5	4-2	1-6
第2轮	5-4	1-3	6-2
第3轮	4-1	2-5	3-6
第4轮	2-3	5-1	6-4
第5轮	1-2	3-4	5-6

8队（对）循环赛轮次表

第1轮	3-6	4-5	2-7	1-8
第2轮	5-3	7-1	6-4	8-2
第3轮	4-7	2-6	1-5	3-8
第4轮	6-1	5-2	7-3	8-4
第5轮	2-3	6-7	1-4	5-8
第6轮	7-5	4-2	3-1	8-6
第7轮	1-2	3-4	5-6	7-8

10队（对）循环赛轮次表

第1轮	5-6	7-4	3-8	9-2	1-10
第2轮	6-7	8-5	4-9	1-3	10-2
第3轮	7-8	9-6	5-1	2-4	3-10
第4轮	8-9	1-7	6-2	3-5	10-4
第5轮	9-1	2-8	7-3	4-6	5-10
第6轮	1-2	3-9	8-4	5-7	10-6
第7轮	2-3	4-1	9-5	6-8	7-10
第8轮	3-4	5-2	1-6	7-9	10-8
第9轮	4-5	6-3	2-7	8-1	9-10

12队（对）循环赛轮次表

第1轮	6–11	2–7	3–8	4–9	5–10	1–12
第2轮	11–1	10–6	7–3	8–4	9–5	12–2
第3轮	1–10	2–11	6–9	4–7	5–8	3–12
第4轮	9–1	10–2	11–3	8–6	7–5	12–4
第5轮	1–8	2–9	3–10	4–11	6–7	5–12
第6轮	7–1	8–2	9–3	10–4	11–5	12–6
第7轮	1–6	4–5	3–2	11–10	8–9	7–12
第8轮	5–1	2–4	10–7	9–11	6–3	12–8
第9轮	1–4	6–2	5–3	11–7	10–8	9–12
第10轮	3–1	4–6	2–5	8–11	7–9	12–10
第11轮	1–2	3–4	5–6	7–8	9–10	11–12

14队（对）循环赛轮次表

第1轮	13–12	10–11	8–9	6–7	4–5	2–3	1–14
第2轮	11–13	12–9	7–10	5–8	3–6	4–1	14–2
第3轮	10–12	13–8	6–11	9–4	2–7	1–5	3–14
第4轮	9–11	7–13	12–5	10–3	8–1	2–6	14–4
第5轮	10–8	6–12	4–13	11–2	1–9	3–7	5–14
第6轮	9–7	11–5	13–3	12–1	2–10	8–4	14–6
第7轮	6–8	4–10	2–12	1–13	3–11	5–9	7–14
第8轮	5–7	9–3	11–1	13–2	12–4	10–6	14–8
第9轮	4–6	8–2	1–10	3–12	13–5	7–11	9–14
第10轮	5–3	7–1	2–9	11–4	6–13	12–8	14–10
第11轮	4–2	1–6	8–3	10–5	12–7	9–13	11–14
第12轮	3–1	2–5	4–7	6–9	8–11	10–13	12–14
第13轮	1–2	3–4	5–6	7–8	9–10	11–12	13–14

16队（对）循环赛轮次表

第1轮	1–4	2–6	3–8	5–10	7–12	9–14	11–16	13–15
第2轮	6–1	8–4	10–2	12–3	14–5	16–7	13–11	15–9
第3轮	1–8	6–10	4–12	2–14	3–16	5–15	7–13	9–11
第4轮	10–1	12–8	14–6	16–4	15–2	13–3	9–7	11–5
第5轮	1–12	10–14	8–16	6–15	4–13	2–11	3–9	5–7
第6轮	14–1	16–12	15–10	13–8	11–6	9–4	5–3	7–2
第7轮	1–16	14–15	12–13	10–11	8–9	6–7	4–5	2–3
第8轮	15–1	13–16	11–14	9–12	7–10	5–8	2–4	3–6
第9轮	1–13	15–11	16–9	14–7	12–5	10–3	8–2	6–4
第10轮	11–1	9–13	7–15	5–16	3–14	2–12	6–8	4–10
第11轮	1–9	11–7	13–5	15–3	16–2	14–4	12–6	10–8
第12轮	7–1	5–9	3–11	2–13	4–15	6–16	10–12	8–14
第13轮	1–5	7–3	9–2	11–4	13–6	15–8	16–10	14–12
第14轮	3–1	2–5	4–7	6–9	8–11	10–13	14–16	12–15
第15轮	1–2	3–4	5–6	7–8	9–10	11–12	13–14	15–16

牌 型 卡

第　　　　副　　　　　　家

♠

♥

♣

♦

附件十

16 副牌胜利分换算表

总队式赛分差	胜利分	总队式赛分差	胜利分
0 ~ 2	15：15	32 ~ 36	23：7
3 ~ 7	16：14	37 ~ 41	24：6
8 ~ 11	17：13	42 ~ 46	25：5
12 ~ 15	18：12	47 ~ 52	25：4
16 ~ 19	19：11	53 ~ 58	25：3
20 ~ 23	20：10	59 ~ 64	25：2
24 ~ 27	21：9	65 ~ 71	25：1
28 ~ 31	22：8	72 以上	25：0

米切尔制移位表

5 桌移位表

台号、方向 / 对号、牌组号 轮次	南北 1 东西	南北 2 东西	南北 3 东西	南北 4 东西	南北 5 东西
第 1 轮	1(1)1	2(2)2	3(3)3	4(4)4	5(5)5
第 2 轮	1(2)5	2(3)1	3(4)2	4(5)3	5(1)4
第 3 轮	1(3)4	2(4)5	3(5)1	4(1)2	5(2)3
第 4 轮	1(4)3	2(5)4	3(1)5	4(2)1	5(3)2
第 5 轮	1(5)2	2(1)3	3(2)4	4(3)5	5(4)1

6 桌 6 轮移位表

台号、方向 / 对号、牌组号 轮次	南北 1 东西	南北 2 东西	南北 3 东西	接力台	南北 4 东西	南北 5 东西	南北 6 东西
第 1 轮	1(1)1	2(2)2	3(3)3	(4)	4(5)4	5(6)5	6(1)6
第 2 轮	1(2)6	2(3)1	3(4)2	(5)	4(6)3	5(1)4	6(2)5
第 3 轮	1(3)5	2(4)6	3(5)1	(6)	4(1)2	5(2)3	6(3)4
第 4 轮	1(4)4	2(5)5	3(6)6	(1)	4(2)1	5(3)2	6(4)3
第 5 轮	1(5)3	2(6)4	3(1)5	(2)	4(3)6	5(4)1	6(5)2
第 6 轮	1(6)2	2(1)3	3(2)4	(3)	4(4)5	5(5)6	6(6)1

6桌5轮移位表

对号、牌组号 轮次 \ 台号、方向	南 东 1 北 西	南 东 2 北 西	南 东 3 北 西	南 东 4 北 西	南 东 5 北 西	南 东 6 北 西
第1轮	1(1)1	2(2)2	3(3)3	4(4)4	5(5)5	6(6)6
第2轮	1(2)6	2(3)1	3(4)2	4(5)3	5(6)4	6(1)5
第3轮	1(3)5	2(4)6	3(5)1	4(6)2	5(1)3	6(2)4
第4轮	1(4)3	2(5)4	3(6)5	4(1)6	5(2)1	6(3)2
第5轮	1(5)2	2(6)3	3(1)4	4(2)5	5(3)6	6(4)1

附件十二

豪威尔制移位表

2 桌移位表

轮次	1桌			2桌		
	南北	牌组	东西	南北	牌组	东西
1轮	4	(1)	1	3	(1)	2
2轮	4	(2)	2	1	(2)	3
3轮	4	(3)	3	2	(3)	1

3 桌移位表（1）

轮次	1桌			2桌			3桌		
	南北	牌组	东西	南北	牌组	东西	南北	牌组	东西
1轮	6	(1)	1	3	(2)	4	5	(4)	2
2轮	6	(2)	2	4	(3)	5	1	(4)	3
3轮	6	(3)	3	5	(2)	1	2	(1)	4
4轮	6	(4)	4	1	(3)	2	3	(1)	5
5轮	6	(5)	5	2	(5)	3	4	(5)	1

3 桌移位表 （2）

轮次	1桌 南北 牌组 东西			2桌 南北 牌组 东西			3桌 南北 牌组 东西		
1轮	6	(1)(2)	1	2	(6)(8)	5	3	(3)(9)	4
2轮	6	(3)(4)	2	3	(8)(10)	1	4	(1)(5)	5
3轮	6	(5)(6)	3	4	(10)(2)	2	5	(3)(7)	1
4轮	6	(7)(8)	4	5	(2)(4)	3	1	(5)(9)	2
5轮	6	(9)(10)	5	1	(4)(6)	4	2	(1)(7)	3

4 桌移位表

轮次	1桌 南北 牌组 东西			2桌 南北 牌组 东西			3桌 南北 牌组 东西			4桌 南北 牌组 东西		
1轮	8	(1)	1	6	(4)	3	7	(6)	2	4	(7)	5
2轮	8	(2)	2	7	(5)	4	1	(7)	3	5	(1)	6
3轮	8	(3)	3	1	(6)	5	2	(1)	4	6	(2)	7
4轮	8	(4)	4	2	(7)	6	3	(2)	5	7	(3)	1
5轮	8	(5)	5	3	(1)	7	4	(3)	6	1	(4)	2
6轮	8	(6)	6	4	(2)	1	5	(4)	7	2	(5)	3
7轮	8	(7)	7	5	(3)	2	6	(5)	1	3	(6)	4

5桌移位表

轮次	1桌 南北	1桌 牌组	1桌 东西	2桌 南北	2桌 牌组	2桌 东西	3桌 南北	3桌 牌组	3桌 东西	4桌 南北	4桌 牌组	4桌 东西	5桌 南北	5桌 牌组	5桌 东西
1轮	7	(1)	3	5	(2)	2	10	(3)	1	9	(4)	8	4	(5)	6
2轮	8	(2)	4	6	(3)	3	10	(4)	2	1	(5)	9	5	(6)	7
3轮	9	(3)	5	7	(4)	4	10	(5)	3	2	(6)	1	6	(7)	8
4轮	1	(4)	6	8	(5)	5	10	(6)	4	3	(7)	2	7	(8)	9
5轮	2	(5)	7	9	(6)	6	10	(7)	5	4	(8)	3	8	(9)	1
6轮	3	(6)	8	1	(7)	7	10	(8)	6	5	(9)	4	9	(1)	2
7轮	4	(7)	9	2	(8)	8	10	(9)	7	6	(1)	5	1	(2)	3
8轮	5	(8)	1	3	(9)	9	10	(1)	8	7	(2)	6	2	(3)	4
9轮	6	(9)	2	4	(1)	1	10	(2)	9	8	(3)	7	3	(4)	5

6桌移位表

轮次	1桌 南北	牌组	东西	2桌 南北	牌组	东西	3桌 南北	牌组	东西	4桌 南北	牌组	东西	5桌 南北	牌组	东西	6桌 南北	牌组	东西
1轮	12	(1)	1	6	(4)	7	11	(6)	4	3	(8)	9	2	(9)	5	10	(11)	8
2轮	12	(2)	2	7	(5)	8	1	(7)	5	4	(9)	10	3	(10)	6	11	(1)	9
3轮	12	(3)	3	8	(6)	9	2	(8)	6	5	(10)	11	4	(11)	7	1	(2)	10
4轮	12	(4)	4	9	(7)	10	3	(9)	7	6	(11)	1	5	(1)	8	2	(3)	11
5轮	12	(5)	5	10	(8)	11	4	(10)	8	7	(1)	2	6	(2)	9	3	(4)	1
6轮	12	(6)	6	11	(9)	1	5	(11)	9	8	(2)	3	7	(3)	10	4	(5)	2
7轮	12	(7)	7	1	(10)	2	6	(1)	10	9	(3)	4	8	(4)	11	5	(6)	3
8轮	12	(8)	8	2	(11)	3	7	(2)	11	10	(4)	5	9	(5)	1	6	(7)	4
9轮	12	(9)	9	3	(1)	4	8	(3)	1	11	(5)	6	10	(6)	2	7	(8)	5
10轮	12	(10)	10	4	(2)	5	9	(4)	2	1	(6)	7	11	(7)	3	8	(9)	6
11轮	12	(11)	11	5	(3)	6	10	(5)	3	2	(7)	8	1	(8)	4	9	(10)	7

7桌移位表

轮次	1桌 南北	1桌 牌组	1桌 东西	2桌 南北	2桌 牌组	2桌 东西	3桌 南北	3桌 牌组	3桌 东西	4桌 南北	4桌 牌组	4桌 东西	5桌 南北	5桌 牌组	5桌 东西	6桌 南北	6桌 牌组	6桌 东西	7桌 南北	7桌 牌组	7桌 东西
1轮	5	(1)	12	2	(2)	4	9	(3)	10	14	(4)	1	8	(5)	13	7	(6)	11	6	(7)	3
2轮	6	(2)	13	3	(3)	5	10	(4)	11	14	(5)	2	9	(6)	1	8	(7)	12	7	(8)	4
3轮	7	(3)	1	4	(4)	6	11	(5)	12	14	(6)	3	10	(7)	2	9	(8)	13	8	(9)	5
4轮	8	(4)	2	5	(5)	7	12	(6)	13	14	(7)	4	11	(8)	3	10	(9)	1	9	(10)	6
5轮	9	(5)	3	6	(6)	8	13	(7)	1	14	(8)	5	12	(9)	4	11	(10)	2	10	(11)	7
6轮	10	(6)	4	7	(7)	9	1	(8)	2	14	(9)	6	13	(10)	5	12	(11)	3	11	(12)	8
7轮	11	(7)	5	8	(8)	10	2	(9)	3	14	(10)	7	1	(11)	6	13	(12)	4	12	(13)	9
8轮	12	(8)	6	9	(9)	11	3	(10)	4	14	(11)	8	2	(12)	7	1	(13)	5	13	(1)	10
9轮	13	(9)	7	10	(10)	12	4	(11)	5	14	(12)	9	3	(13)	8	2	(1)	6	1	(2)	11
10轮	1	(10)	8	11	(11)	13	5	(12)	6	14	(13)	10	4	(1)	9	3	(2)	7	2	(3)	12
11轮	2	(11)	9	12	(12)	1	6	(13)	7	14	(1)	11	5	(2)	10	4	(3)	8	3	(4)	13
12轮	3	(12)	10	13	(13)	2	7	(1)	8	14	(2)	12	6	(3)	11	5	(4)	9	4	(5)	1
13轮	4	(13)	11	1	(1)	3	8	(2)	9	14	(3)	13	7	(4)	12	6	(5)	10	5	(6)	2

8桌移位表

轮次	1桌			2桌			3桌			4桌			5桌			6桌			7桌			8桌		
	南北	牌组	东西	南北	牌组	东西	南北	牌组	东西	南北	牌组	东西	南北	牌组	东西	南北	牌组	东西	南北	牌组	东西	南北	牌组	东西
1轮	16	(1)	1	3	(2)	4	6	(3)	8	12	(4)	15	2	(7)	11	7	(8)	14	5	(13)	10	9	(15)	13
2轮	16	(2)	2	4	(3)	5	7	(4)	9	13	(5)	1	3	(8)	12	8	(9)	15	6	(14)	11	10	(1)	14
3轮	16	(3)	3	5	(4)	6	8	(5)	10	14	(6)	2	4	(9)	13	9	(10)	1	7	(15)	12	11	(2)	15
4轮	16	(4)	4	6	(5)	7	9	(6)	11	15	(7)	3	5	(10)	14	10	(11)	2	8	(1)	13	12	(3)	1
5轮	16	(5)	5	7	(6)	8	10	(7)	12	1	(8)	4	6	(11)	15	11	(12)	3	9	(2)	14	13	(4)	2
6轮	16	(6)	6	8	(7)	9	11	(8)	13	2	(9)	5	7	(12)	1	12	(13)	4	10	(3)	15	14	(5)	3
7轮	16	(7)	7	9	(8)	10	12	(9)	14	3	(10)	6	8	(13)	2	13	(14)	5	11	(4)	1	15	(6)	4
8轮	16	(8)	8	10	(9)	11	13	(10)	15	4	(11)	7	9	(14)	3	14	(15)	6	12	(5)	2	1	(7)	5
9轮	16	(9)	9	11	(10)	12	14	(11)	1	5	(12)	8	10	(15)	4	15	(1)	7	13	(6)	3	2	(8)	6
10轮	16	(10)	10	12	(11)	13	15	(12)	2	6	(13)	9	11	(1)	5	1	(2)	8	14	(7)	4	3	(9)	7
11轮	16	(11)	11	13	(12)	14	1	(13)	3	7	(14)	10	12	(2)	6	2	(3)	9	15	(8)	5	4	(10)	8
12轮	16	(12)	12	14	(13)	15	2	(14)	4	8	(15)	11	13	(3)	7	3	(4)	10	1	(9)	6	5	(11)	9
13轮	16	(13)	13	15	(14)	1	3	(15)	5	9	(1)	12	14	(4)	8	4	(5)	11	2	(10)	7	6	(12)	10
14轮	16	(14)	14	1	(15)	2	4	(1)	6	10	(2)	13	15	(5)	9	5	(6)	12	3	(11)	8	7	(13)	11
15轮	16	(15)	15	2	(1)	3	5	(2)	7	11	(3)	14	1	(6)	10	6	(7)	13	4	(12)	9	8	(14)	12

附 录

运动员守则

一、热爱社会主义祖国，热爱体育事业，勇攀高峰，为国争光。

二、讲文明，讲礼貌，讲道德，讲卫生，守秩序，守纪律。

三、钻研业务，刻苦训练，尊重教练。

四、赛出风格，赛出水平，胜不骄，败不馁。

五、尊重裁判，尊重对方，尊重观众。

六、不吸烟，不喝酒，衣着整洁大方。

七、团结友爱，关心集体，反对自由主义。

八、尊重领导，服从组织，遵守规章法令。

裁判员守则

一、热爱社会主义祖国，热爱体育事业。

二、努力钻研业务，精通本项目规则和裁判法，积极参与实践，不断提高业务水平。

三、严格履行裁判员职责，做到严肃、认真、公正、准确。

四、作风正派，不徇私情，坚持原则，勇于同不良倾向作斗争。

五、裁判员应互相学习，互相尊重，互相支持，加强团结，不搞宗派活动。

六、服从领导，遵守纪律。执行任务时，精神饱满，服装整洁，仪表大方。

教练员守则

一、热爱社会主义祖国，忠诚体育事业。

二、从严、从难、从实战出发，认真制定教案，坚持科学训练。

三、做好赛前准备和临场指挥，赛后认真总结。

四、学习政治理论和体育科学技术，刻苦钻研业务，不断创新。

五、严格管理教育，加强政治思想工作，关心运动员的全面发展。

六、发扬民主，爱护运动员，不准打骂和侮辱人格。

七、坚持真理，发扬正气，做运动员的表率。

八、教练员要互相学习，互相支持，团结协作。

九、遵纪守法，维护社会公德，执行各项规章制度。